ESTAMPES JAPONAISES

BELLES PIÈCES

HAROUNOBOU, BOUNTSCHO, KIYONAGA, SHOUNSHO, OUTAMARO,
YEISHI, TOYOKOUNI, HOKOUSAI, HIROSHIGHÉ

EXCELLENTE COLLECTION DE SOURIMONOS

ALBUMS DE L'ÉCOLE DE TOSA

DESSINS ORIGINAUX — ALBUMS EN COULEURS

OUVRAGES POUR L'ÉTUDE DE LA LANGUE JAPONAISE

VENTE AUX ENCHÈRES PUBLIQUES

HOTEL DES COMMISSAIRES-PRISEURS, RUE DROUOT, 9

SALLE N° 10

Le Samedi 22 Décembre 1900

A DEUX HEURES PRÉCISES

EXPOSITION, MÊME SALLE

Le Vendredi 21 Décembre, de 2 heures à 6 heures.

Me Maurice DELESTRE
COMMISSAIRE-PRISEUR
5, rue Saint-Georges, 5

M. Ernest LEROUX
LIBRAIRE-EXPERT
28, rue Bonaparte, 28

PARIS
ERNEST LEROUX, ÉDITEUR
28, RUE BONAPARTE, 28

1900

ORDRE DE LA VENTE

Nos 140 à 175
Nos 124 à 139
Nos 1 à 123

CONDITIONS DE LA VENTE

La vente se fait au comptant.

Les adjudicataires paieront cinq pour cent en sus des adjudications.

M. Ernest Leroux se charge des commissions des personnes qui ne pourraient assister à la vente.

ESTAMPES JAPONAISES

PRIMITIFS

1. Une dame debout, un éventail à la main. Au-dessus d'elle vole une cigogne. Estampe à deux tons, sur fond gris, de Torii Kiyomitsou.

2. Le rêve. Pièce à deux tons.

3. Scènes et paysages. Trois pièces oblongues sur fond gris.

HAROUNOBOU

4 La pêche à l'épervier. Jolie composition à deux personnages. Pièce de format carré en bon tirage ancien.

5. Promenade par un temps de neige. Un jeune couple sous un grand parapluie jaune. Format carré.

6. Jeune fille recueillant, à l'aide d'un filet, des fleurs qu'emporte un torrent.

TORII KIYONAGA

7. Scène de drame à quatre personnages.

IPPITSOUSAI BOUNTCHO

8. Acteur dans un rôle de femme. — Acteur de Nô. Deux jolies pièces formant diptyque. (De la collection Duret.)

9. Un acteur. Il tient à la main un paysage avec un volcan au second plan.

10. Trois portraits d'acteurs. Belles pièces sur fond gris, format étroit.

Un komosso.

Un homme appuyé sur un long bambou et à demi caché sous des joncs liés et posés sur ses épaules.

Un homme sous un parapluie déchiré, une lanterne à la main.

11. Deux portraits d'acteurs.
Un guerrier lançant une table de gô, fond vert oxydé.
Acteur en femme. Belle pièce de la collection Duret.

KATSOUKAWA SHOUNCHO

12. Le dieu du Vent se jetant sur un guerrier. Format carré.

13. Danseur et danseuse dans un jardin. Belle pièce carrée, à fond gris.

14. Acteur de drame. Pièce oblongue à fond bleu.

15. Acteur dans un rôle de femme. Fond coupé de larges rayures.

SHOUNIYEI

16. Une dame en robe rouge brun, fond jaune. Très belle pièce portant au verso un cachet d'amateur de la famille Minamoto. — Un acteur portant un seau et saluant. Cachet d'amateur.

17. Deux pièces formant diptyque. Deux personnages devant un panier auprès duquel un serpent se dresse. Excellent tirage. — Un guerrier, les jambes nues, dans la neige. Cachet d'amateur.

SHOUNKO

18. Trois portraits d'acteurs.
Une mégère, avec une chevelure en crinière d'où pointent deux cornes. — Un marchand de bois portant une poutre sur laquelle se lit une inscription chinoise. — Acteur en costume de Nô.

SHOUNSEN

19. Acteur debout près d'un arbre. Il tient de la main droite un sabre et de l'autre un grand seau.

KOZAN

20. Acteur tenant un sabre.

SHOUNKWAKOU

21. Personnage à jambes nues, armé de deux sabres.

SHOJU

22. Acteur en femme. Jolie pièce sur fond gris.

YEISHI

23. Promenade aux lanternes. Jolie composition.

24. Courtisane dans un riche intérieur. Belle pièce à rehauts d'argent. Fond jaune.

25. La poétesse, petite composition dans un encadrement circulaire.

26. Deux jeunes femmes regardant un kakémono posé à terre. Pièce à coloration rose sur fond jaune.

27. Les occupations des femmes au Japon. Trois pièces de cette belle série, grand format, fond jaune.
    La peinture.
    La lecture.
    L'écriture.

28. Courtisane en riche costume suivie de ses deux kamouros.

YEISHO

29. Portrait d'une courtisane célèbre. Gracieusement accroupie, sa longue pipette à la main, et vêtue d'une robe bizarre, elle semble poser devant l'artiste.

30. Beau portrait de courtisane à la figure expressive. La coiffure est traitée avec un soin tout particulier. Le fond est garni par une étoffe grise où sont brodés des lapins blancs. Superbe pièce provenant de la collection Duret. — L'échelle. Scène à deux personnages sous un prunier en fleurs. Au premier plan, toute une liasse de kakémonos.

31. Deux femmes présentant des étoffes et une coiffure de daïmiyo. Grande composition d'un beau style, sur fond jaune.

YEIRI

32. Une dame assise sur un banc recouvert d'une étoffe rouge. Auprès d'elle une grande lanterne posée à terre.

YEIZAN

33. Un petit garçon, aidé par sa mère, qui lui prépare l'encre de Chine, peint la figure d'un grand bonhomme en neige. Curieuse pièce de grand format.

34. Femme dansant. Pièce d'un beau dessin.

35. Femme debout dans la campagne. Fond gris occupé, dans le bas, par une courte poésie et, dans le haut, par un bout de paysage.

36. La musicienne. Une femme, aux longs cheveux déroulés sur les épaules, et dont le peigne et les kanzashis forment comme une auréole autour de sa tête, est assise devant son shamisen, auprès d'un ruisseau bordé d'iris. Belle pièce.

SHOUNTCHO

37. Jeunes femmes sous des érables en fleurs. Beau triptyque aux riches tonalités.

38. Trois femmes et un enfant devant la boutique d'un marchand de cages. Tirage en grisaille, avec un essai d'ombres portées, assez rare dans l'œuvre de Shountscho.

39. Courtisane et ses kamouros en robes roses.

40. Groupe de quatre femmes.

41. Deux pièces formant diptyque. Un acteur en femme. — Un acteur portant sur son dos une gourde, sous deux grosses lanternes. Ces deux belles estampes, qui proviennent de la collection Duret, sont fort rares.

42. L'homme au tambour, avec un singulier casque sur la tête. — Un acteur en femme dans un paysage.

Les portraits d'acteurs par Shountcho sont très peu nombreux et se rencontrent rarement dans les ventes.

OUTAMARO

43. Portrait de courtisane. Grande figure, dans une pose méditative sur fond jaune. La coiffure, piquée de longs kanzashis jaunes, est traitée avec un soin extrême.

44. Courtisane. Portrait en buste sur fond jaune. Elle tient à la main une coupe en laque rose.

45. Femme lisant. Beau portrait en buste, sur fond gris.

46. Courtisane. Portrait en buste sur fond gris. Elle relève d'un geste pudique son peignoir. Belle pièce. Les traits de la figure sont tracés en rouge.

47. Portrait de courtisane en buste. Chevelure superbe, vue en partie à travers la transparence d'un peigne d'écaille.

48. Femme pliant une lettre. Beau portrait en buste.

49. Portrait de courtisane. D'un geste de minauderie charmante elle porte une main sous son menton et, de l'autre, agite un éventail.

50. Jeunes femmes en promenade, jouant avec un enfant porté sur le dos de sa mère.

51. Deux courtisanes. Pièce singulière d'un effet étrange. Sur un fond rouge, décoré d'armoiries noires se détachent deux longues silhouettes de femmes en robes à riche décor, qui semblent des figures de vitrail. Rare.

52. Deux ouvrières préparant du riz. Au-dessus de leurs têtes, une branche d'érable. Charmante pièce du plus coquet dessin. (De la collection Duret.)

53. Pièce de la Série des Ronins.

54. Deux amoureux. Gracieuse composition en très beau tirage.

55. Le matin dans une Maison Verte. Un client, encore endormi, est porté au dehors au milieu des servantes qui procèdent au nettoyage de la maison.

56. Deux femmes, l'une vue à travers la transparence verte de son écran.

57. Trois femmes sous une treille de glycine décorée de lanternes.

58. Bouderie d'amoureux. Excellente pièce, d'une mélancolie très expressive.

59. Trois femmes préparant du riz. Fond gris.

60. Jeune femme assise sur un petit guéridon laqué de rose. Pièce d'un joli dessin et d'une coloration fort élégante.

61. Jeune femme arrangeant des fleurs dans un vase de bronze. Charmante figure, sur un fond de paysage monochrome qui laisse toute leur valeur aux teintes délicates de la robe et de l'arbuste.

62. Femme écrivant. Belle estampe en excellent tirage, fond gris.

63. Femme lisant. Elle est accroupie parmi les flots de son ample vêtement qui s'étage bizarrement jusque dans le haut de la composition. Toute la partie inférieure de la robe est d'un noir laqué rehaussé de feuillage vert. Fond jaune.

TOYOKOUNI

64. Deux jeunes femmes dans une barque. Fond de paysage. Belle composition à la manière de Kiyonaga.

65. Trois femmes et deux enfants au bord de la mer.

66. Famille de samouraï. Trois personnages sur fond gris.

67. Portrait d'acteur aux yeux convulsés.

68. Un jeune homme relevé par deux femmes. L'une d'elles, costumée en guésha, remplit sa coupe de saké pour le réconforter.

69. Flânerie au bord de la mer, composition de deux feuilles.

70. Le dieu du Vent se précipitant sur un guerrier prêt à s'élancer en avant. — Acteur vêtu d'une large jupe rouge à décor de papillons et d'une étoffe rose jetée sur ses épaules nues.

KOUNISADA

71. Frontispices d'un roman.

KOUNIYOSHI

72. Le four. Au fond, le sommet bleu d'une montagne dont la base disparaît dans la brume. Beau tirage.

73. Quatre pièces oblongues. Scènes de légendes et de drames.

74. Personnage sous la pluie. La lumière de sa lanterne se reflète sur la terre.

HIROSHIGHÉ

75. Procession à Enoshima. Un cortège de femmes, divisé en quatre groupes, se distinguant par la couleur de leurs costumes, s'avance sur la digue qui mène au rocher sacré, battu par les flots bleus. Triptyque.

76. La promenade aux pruniers en fleurs. Sous de grands pins défilent de longues théories de femmes groupées suivant la nuance de leurs vêtements. Au second plan, sur un ciel lumineux, les pruniers étalent leur feuillage rose. Triptyque.

77. Un torrent dans des montagnes couvertes de neige.

78. Paysage d'hiver. De longues planches posées en travers au premier plan.

79. Même sujet, dans une coloration différente.

80. Paysages neigeux. Deux pièces.
De petits oiseaux voletant autour d'une branche d'arbre chargée de neige.

81. Légende de la lionne qui jette ses petits du haut d'un rocher à pic. Les lionceaux doivent le gravir en s'aidant de leurs griffes : celui qui ne réussit pas est jugé indigne de vivre.

82. Six pièces de format oblong.
Feu d'artifice au pont de la Soumida.
Scène de drame. La nuit, dans la montagne, sous la pluie.
Une route au grand soleil.
Deux pins au bord de la mer.
Vol d'oiseaux au-dessus d'un marais.
Le temple de Benten à Ikénohata, sur un lac près de Yédo. Effet de neige.

83. Série des huit vues du lac Biwa. Œuvre charmante du grand paysagiste. Petit format oblong.

84. Deux poissons. De la série en petit format.

HOKOUSAI

85. Vue du Fouzi yama. Des porteurs sur une route au bord d'un

torrent, et, par dessus la floraison des arbres, le sommet du volcan parmi des pics aux colorations précieuses.

86. LES CASCADES CÉLÈBRES, impression de 1827. Six pièces.

Des pèlerins montant vers un temple de Kwannon près d'une cascade qui tombe en minces filets bleus sur des collines vertes et jaunes.

Un groupe de gens assis au pied de la cascade de Yoro.

Deux hommes lavant un cheval rouge dans une cascade qui se précipite en une masse bouillonnante.

Un homme, appuyé sur ses paniers, s'éponge le front.

Des gens se baignant dans la cascade de Rôben.

Collation au bas de la cascade d'Amida.

SOURIMONOS

BELLE SÉRIE DE PIÈCES RARES EN EXCELLENT TIRAGE ET EN PARFAIT ÉTAT DE CONSERVATION.

KITAO SHIGHÉMASA

87. Chariot impérial dans la campagne. Exquise petite pièce à personnages très finement dessinés.

88. Branches d'arbres en fleurs. Petit sourimono de format étroit, d'après une peinture chinoise de Tchukwan, peintre de la dynastie des Ming.

Ces deux pièces sont de la plus grande rareté.

TOYOHIRO

89. Les différentes classes de la société. Le paysan, le samouraï. Deux pièces rares d'un artistes qui n'a guère produit de sourimonos.

YEISHO

90. Calendrier. Petite femme tenant sur l'épaule une branche fleurie à laquelle sont attachées des bandelettes avec l'indication des mois. Rare.

KIRIU

91. Trois calendriers de l'année 1765 gravés par cet artiste. Œuvres délicates imprimées comme les sourimonos avec tous les raffinements de l'art, gaufrures, oxydations métalliques, etc.

ODA INAMOURA

92. Un tronc de palmier. Estampe oblongue. Pièce rare d'un artiste qui a peu produit.

HOKOUSAI

93. Les distractions des femmes.
Belle série de huit planches, d'une parfaite exécution, signées Kukushin, année 1805, format étroit en hauteur.

94. Les occupations des femmes. Suite de cinq sourimonos en petit format carré, très délicatement traités.

95. Deux sourimonos à rehauts d'or, d'argent, de cuivre et à gaufrures. Un guerrier, tenant de la main gauche un gros vase au dessus de sa tête, écrit sous la dictée d'une femme en costume militaire. — Le même guerrier tenant à deux mains une immense coupe dans laquelle une femme lui verse du saké.

96. Cinq jolis sourimonos en petit format. La contemplation de la lune; des pêcheuses, etc.

SORI

97. Les Trente-six métiers. Série complète publiée en 1802. Charmante suite de petites compositions, en format oblong, où sont représentées toutes les industries du Japon. Ces planches, imprimées avec le plus grand soin, sont tirées avec des gaufrures, des oxydations métalliques, or, argent, étain, dans une gamme très douce. Une des meilleures suites de sourimonos.

HOKKEI

98. La série des héros. Neuf pièces de format carré, tirées avec tous les raffinements de l'art. A signaler : une barque de plaisance sur un lac, une hutte avec des glaçons en stalactites dans un paysage couvert de neige, un guerrier debout près d'un poteau, l'apparition, la contemplation de la neige, etc.

99. Deux pièces, format carré. Personnage battant du tambour, avec gaufrures d'or et d'argent. — Un acteur en femme.

*

100. Deux pièces, format carré. Un dragon dans la tempête, fond noir. — Une carpe dans un panier, bordure métallique à relief.

100 *bis*. Deux pièces, en format carré. Des porteurs, sur une route sinueuse et au-dessus un vol d'oies sauvages. — Un enfant sur un bœuf dans la campagne.

101. Deux pièces, en format carré. La barque du passeur sous la pluie. — La légende de la grue, de la tortue et des deux philosophes.

102. Deux pièces. Jeux d'enfants, petit format carré.

GAKOUTEI

103. Cortège de monstres. — Défilé dans les montagnes; au ciel, trois personnages bouddhiques. Pièces dans des encadrements de couleurs vives.

104. Jeune fille portant sur la tête un plateau rempli de vases. — Dame accroupie près de sa table de travail et tenant un livre à la main. Deux pièces dans des encadrements.

105. Trois pièces. Une dame de la Cour, en riche costume, sur un fond à grands rayons noirs et gris d'un curieux effet. — Une princesse sur une terrasse. — Une dame assise près d'une cage ouverte et appelant un oiseau.

106. Grand sourimono. Un guerrier et un loup blanc.

KEISAI YEISEN

107. Pêche de nuit aux cormorans.

108. Trois sourimonos. Le singe et le crabe. — Des étoffes sur une table de laque rose, une montagne en sable sur un plateau, un vase de fleurs. — Un paravent sur lequel est peint le Foudji.

SHUNMAN

109. Dame causant avec un artisan, tandis que son petit garçon accroupi à terre feuillette un album des Trente-six poètes.

110. Un petit oiseau chantant parmi les fleurs.
Charmante pièce du plus exquis coloris.

111. Trois pièces. Une pêcheuse d'huîtres et un petit garçon. — Épisode légendaire des guerres de Corée. Le singe allié faisant surgir de terre des soldats, par la seule puissance de son souffle. — Un éléphant blanc, en gaufrures, sous sa selle.

HOITSU

112. Vol de cigognes blanches au dessus de la mer. Les grandes ailes, tirées en gaufrures, se détachent sur le rouge d'un coucher de soleil.

SHINSAI

113. Boîte en laque d'or, shamisen, etc. Sourimono en très beau tirage.

DIVERS

114. Trois sourimonos. Les sept dieux du Bonheur dans un bateau orné d'un dragon à la proue. (De la collection Duret.) — Des monstres en fuite devant l'enfant rouge. — Un objet couvert d'étoffe rose, sur fond bleu.

115. Grand sourimono sur papier imitant le crépon. Shamisen et objets divers.

Sourimono. Oiseaux, tirage en gaufrures.

Grand sourimono laqué. Une musicienne.

116. Deux paysages de Bounsei (vers 1830). Pièces rares, en petit format carré, à fond jaune.

117. Huit pièces, fleurs, caricatures, etc.

118. Cinq pièces, paysage, rat, crapaud, papillons, aigle poursuivant une oie sauvage.

SOURIMONOS DE GRAND FORMAT

HOKKEI

119. La lune, grand sourimono à deux scènes superposées, qu'on trouve très rarement réunies. Dans le haut, le grand disque argenté de la lune sur lequel est représenté un château dont les marches descendent jusqu'au bas de l'estampe. On y voit

deux personnages, une femme tenant une coupe et un homme le doigt levé, parmi des nuages d'or.

GAKOUTEI

120. Deux personnages contemplant un coucher de soleil.

121. Une bouteille, un bol, un couteau, une branche fleurie.

KEISAI YEISEN

122. Une jeune femme tenant des kakémonos va être frappée par un brigand qu'elle ne voit pas, sur lequel un dragon se précipite. Belle pièce à grands reliefs d'argent.

KOUNISADA

123. Deux sourimonos formant diptyque. Scène de drame dans un site neigeux, fond noir.

ALBUMS EN COULEURS

124. La Mangwa d'Hokousai. 14 volumes en bon tirage ancien.

125. L'admiration folle de la lune. Album de quatre planches doubles, par Outamaro. Un daïmiyo au bord d'un lac ; un pavillon de thé, paysage rocheux en grisaille, un paysan et sa femme au bord d'un ruisseau.

126. Harou no iro. Couleur du printemps. Album de poésies illustré de sept planches doubles en couleur par divers artistes. Grande vue panoramique des environs de Yédo (en noir), par Ounzan. — Le petit Momotaro, avec son chien, son singe et son faisan, recevant les présents du roi sauvage, par Rinsho. — Un Manzai, danseur du Jour de l'an, par Kitao Shighémasa. — Un vieux jouant de la flûte au pied d'un escalier, par Tôrin. — Danseurs (par Rinsho) et femmes, par Shounman. — Des gens sur une route près d'un ruisseau, par Shounman. — Une dame et un artisan, curieuse planche laquée, gaufrée et rehaussée d'argent, par Outamaro. Album rare et précieux.

PEINTURES ET DESSINS ORIGINAUX

DES DIVERSES ÉCOLES JAPONAISES

ALBUMS DE L'ÉCOLE DE TOSA

127. LE GENZI MONOGATARI. 54 volumes ornés d'environ 250 peintures de l'école de Tosa, couvertures en soie jaune brochée d'or.

Œuvre superbe exécutée dans le Palais impérial.

Le *Genzi Monogatari* est un ancien roman japonais écrit vers la fin du xe siècle. Il retrace la vie et les galantes aventures du prince Genzi, de la famille Minamoto. L'œuvre est surtout intéressante comme peinture des mœurs et des usages au xe siècle, et surtout des mœurs de la Cour et de la vie princière.

Les nombreuses peintures, qui décorent notre manuscrit, sont à cet égard particulièrement précieuses. Leur exécution est très soignée et peut être comparée aux belles miniatures indo-persanes, mais en conservant ce cachet spécial qui fait de l'école de Tosa une école toute nationale, exclusivement japonaise, sans emprunts étrangers, et à laquelle nos artistes devraient accorder l'attention dont elle est digne. Avec leur naïveté d'exécution, le soin extrême dans le rendu des détails, leur coloris clair et brillant, les rehauts d'or qui donnent à l'ensemble un aspect très riche, ces peintures sont bien celles d'une école primitive et aussi d'une école de grands seigneurs. Toutes les œuvres de l'ancienne école de Tosa étaient en effet uniquement exécutées pour l'Empereur et les dignitaires de la Cour.

128. Superbe album comprenant 24 grandes peintures de l'école de Tosa. On a souvent signalé l'affinité entre les productions de cette école et celle des miniaturistes indo-persans. Jamais peut-être on n'en a eu un exemple aussi frappant que dans cette remarquable série.

Scène dans le jardin du Palais impérial. — Course de guerriers à cheval. — Jeune princesse étendue morte sur un tapis et consternation du Daïmiyo parmi ses samouraï agenouillés. — Curieuse scène de bain chaud. — Un moine bouddhique calmant la mer soulevée par des monstres. — Ascension au ciel. — Scènes à l'intérieur du Palais. — Le char impérial, etc.

Très belle suite de peintures en grand format carré, reliure en soie.

129. Beau makimono de l'école de Tosa, monté sur soie.

Scènes populaires. — Les gâteaux du Jour de l'an. — En visite. — Dans la campagne. — Dames de la Cour dans un jardin. — Seigneurs sur une terrasse près d'une cascade. — Gens du peuple dansant en rond, et agitant des éventails. — Collation sur le lac. — Retour au Palais. — Combat de coqs. — Sortie d'un daïmiyo. — Danseurs des rues.

130. Bel album recouvert en bois de camphrier. Études de fleurs, d'oiseaux, d'insectes. Aquarelles et gouaches.

131. Recueil de peintures à l'aquarelle, à la gouache et à l'encre de Chine, signées par divers artistes.

Bel album contenant 85 planches de grand format, de la plus fine exécution. Les sujets sont très variés et tous traités avec un soin extrême.

132. Peintures de l'école chinoise. 12 pièces en un album recouvert en bois de camphrier.

Scènes populaires. — Marchand de rafraîchissements. — Pêche au filet. — Pêche à la ligne. — Mulets dans la montagne. — Scène de pugilat. — Dans les barques. — Près de la cascade, etc.

133. Sept albums de dessins de l'école chinoise du Japon. Études de paysages.

Ce numéro sera divisé.

134. Album d'architecture. Études de kiosques, de toits, de ponts, croquis de personnages, bateaux, etc. École chinoise.

135. Études et croquis. 46 pièces en un album de grand format oblong.

Paysages, plantes, fleurs, oiseaux, chauve-souris, enfants, etc.

136. Recueil de dessins et croquis d'artistes, à l'encre de Chine et à la gouache. Album de 27 planches en grand format.

Yama ouwa et Kintoki, Dharma, vol de cigognes, le Sennin à la gourde, fleurs, singes, poissons, personnages, etc.

137. — Les Trente-six poètes. Jolie série de portraits à la gouache accompagnés chacun d'une poésie. Album de format carré.

138. Dessins originaux de divers artistes. Sujets variés, caricatures, paysages, études d'animaux, singes, oiseaux, personnages, ornements, œuvres intéressantes d'artistes appartenant aux diverses écoles japonaises. 13 volumes.

Ce numéro sera divisé.

139. Dessins, études et fantaisies à l'encre de Chine. Une trentaine de pièces.

Chat et souris. — Jeux de petits garçons. — Les dieux du bonheur. — Oiseaux, bambous, personnages et paysages.

140. Six albums de dessins et croquis de diverses écoles, à l'aquarelle et à l'encre de Chine.

Ce numéro sera divisé.

141. Croquis rapides dessinés et imprimés. Très curieuses études de gestes, de mouvements, groupements de personnages, etc. Intéressants à consulter pour l'étude des procédés du dessin japonais. Quatre albums.

142. Superbe album de quarante dessins originaux de l'École chinoise du Japon. Recouvert en soie.

Presque toutes ces peintures, à l'encre de Chine, sont des portraits d'hommes célèbres, de philosophes, d'artistes, de poètes, dans leurs attitudes et occupations traditionnelles. Quelques-unes sont consacrées à des jeux d'enfants ou à de petits croquis lestement enlevés.

ESTAMPES

ET ALBUMS DE PLANCHES EN COULEURS

---

143. Primitif. Un guerrier. Acteur dans un rôle de drame. Pièce à trois tons.

144. Shouniyei. Acteur en femme dans un costume noir velouté.

145. Outamaro. Deux guéshas dans la rue. Belle pièce de grand format.

146. Toyokouni. Deux dames à la proue d'un bateau rose que décore un grand oiseau noir habilement sculpté.

147. Beaux triptyques et estampes, par Toyokouni, Kounisada, Kouniyoshi. Environ 270 pièces, en très bon tirage ancien, réunies en un album de très grand format oblong.

Vues du Foudji et du Tokaido, courtisanes, acteurs, enseignes de théâtre, scènes de drame et de comédie, bateleurs, etc. Très belle série de grands portraits d'acteurs en buste, par Toyokouni, etc.

148. Belle collection de 18 albums de grand format. Planches en couleurs de l'atelier de Toyokouni et de Kounisada. Portraits d'acteurs, silhouettes, scènes, paysages, acrobates, enfants, guerriers, etc.

Ces albums seront vendus par deux.

149. Cent vingt planches en couleur de Kouniyoshi et autres en un album de grand format. Pièces intéressantes en tirage ancien.

Le rêve de Yoritomo. — Kintoki avec son coq et son renard. — Guerriers. — Batailles sur terre et sur mer. — Revue de troupes. — Pièces étranges. Une montagne de grenouilles. — Au verso, caricatures, scènes de théâtre, etc.

150. Divers. Une dame sur une terrasse, la tête appuyée sur les deux mains.

Deux femmes et un enfant. Scène du Genzi Monogatari. Pièces de grand format.

151. Hokousai. Les pêcheuses d'awabis. Planche célèbre, de grand format. — Gens grimpant un sentier dans la montagne. Au fond, le Foudji (de la série des Trente-six vues). — Famille de pêcheurs.

152. — Courtisane en promenade, le haut du corps rejeté en arrière. Curieuse estampe à fond gris, signée Katsoushika Taïto.

Pochade énergique enlevée à l'encre de Chine en quelques coups de pinceau.

153. — Les Cent vues du Foudji. Bon tirage moderne. 3 vol. in-4°.

Les Trente-six vues du Foudji. 12 pièces, grand format. oblong, tirage en couleurs, moderne.

Les guerriers célèbres. Album de planches en noir.

La Mangwa d'Hokousai. Recueil de dessins de tout genre. 5 volumes de ce recueil fameux, tirage à deux tons, rose et noir. — Études d'oiseaux. Recueil de planches à deux tons. 1 volume.

154. Hiroshighé. Paysage au crépuscule, avec la branche d'un cerisier en fleurs au premier plan. — Vue sur une rivière à travers une baie circulaire. — Halte de porteurs près d'une maison de thé dans la montagne. — Auberge près d'une rivière, le soir.

155. — Suite rare de grandes planches en couleurs, représentant toutes des défilés de troupes dans la campagne ou dans les rues des villes, dans la montagne ou dans la plaine. Album de grand format composé de planches bien plus rares que les suites habituelles du grand paysagiste.

156. Paysages, scènes de pêche, etc. 4 albums en noir.

157. Personnages, caricatures, scènes diverses. 7 albums en noir.

158. Fleurs et oiseaux. 3 albums en noir.

159. Modèles de rochers et jardins artificiels dans des vases. 2 albums, planches en couleur.

160. Poésies illustrées de planches en noir et en couleur. 6 albums de petit format.

161. Albums de planches en couleur dans le genre ancien, avec un texte. 6 recueils en 28 volumes in-8.

162. Petits albums populaires, en couleur. 13 volumes in-12.

163. Albums en couleurs de la guerre sino-japonaise. 8 volumes, format oblong.

164. Recueils de dessins de divers artistes de l'atelier d'Hokousaï. 5 albums en 14 volumes, tirages modernes en couleur.

165. — Autre série. 10 volumes, tirages modernes en couleur.

166. — Autre série. 22 volumes, tirages en noir.

SOURIMONOS

167. Hokkei. Le Foudji au sommet argenté, bleu à la base. Belle pièce.

168. Douze sourimonos. Un faisan doré. Pieuvre. Une famille harassée au bord de la mer. Personnages et scènes diverses. Dame se coiffant. Géant portant un arbre, etc.

169. Sourimonos, par Gakoutei et divers. La tisseuse. Un paon. Un faisan. Guerrier à cheval. Pieuvre et poissons. Papillons. Armure et flèche. Scènes et personnages. 13 pièces.

170. Sourimonos de Kioto et estampes diverses. 8 pièces.

LIVRES POUR L'ÉTUDE DU JAPONAIS

---

171. HOFFMANN (J.). A japanese grammar. Second edition. *Leiden*, 1876, gr. in-8, perc.

172. MEDHURST (W. H.). Chinese and english dictionary, arranged according to the radicals. *Batavia*, 1842-43, 2 vol. — English and chinese dictionary. *Shanghai*, 1847-48, 2 vol. Ens. 4 vol. in-8, d. r.

173. PAGÈS (Léon). Dictionnaire japonais-français. *Paris*, 1868, gr. in-8, d. r.

174. Nouveau dictionnaire français-japonais, renfermant les principaux mots composés, etc. *Changhai*, 1871, in-8, d. r.

175. HEPBURN. A japanese-english and english-japanese dictionary. Third edition. *Tokyo*, 1886, in-8, d. r.

Angers. — Imprimerie A. Burdin et Cie.

www.ingramcontent.com/pod-product-compliance
Ingram Content Group UK Ltd.
Pitfield, Milton Keynes, MK11 3LW, UK
UKHW020233180726
13838UKWH00005B/2354

9 782329 341064